El señor H

Editorial Bambú es un sello
de Editorial Casals, S. A.

© 2011 Daniel Nesquens para el texto
© 2011 Luciano Lozano para las ilustraciones

© Editorial Casals, S. A.
Tel.: 902 107 007
www.editorialbambu.com
www.bambulector.com

Diseño de la colección: Miquel Puig

Primera edición: febrero de 2011
ISBN: 978-84-8343-133-7
Depósito legal: B-1006-2011
Printed in Spain
Impreso en Índice, S. L.
Fluvià, 81-87 08019 Barcelona

EL SEÑOR H

Daniel Nesquens
texto

Luciano Lozano
ilustraciones

bam bú

EDITORIAL

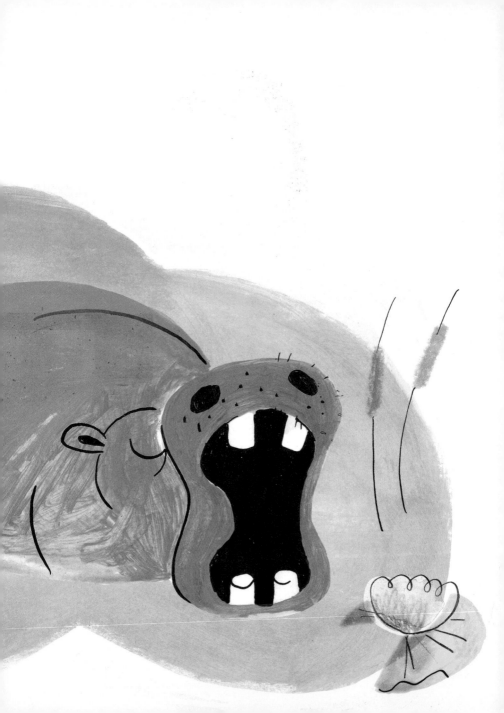

1

Los hipopótamos, por regla general, no hablan.

Así que cuando Rosana escuchó tales palabras a aquellas horas de la tarde dio un respingo y se giró buscando quién las había pronunciado. Nadie. Bueno, sí: un hipopótamo de la familia de los *hippopotamidae*. Ya sabéis: esos animales semiacuáticos que habitan los lagos y los ríos del África subsahariana, esos animales que se pasan todo el día dentro del agua y que salen por la noche dispuestos a comerse casi cualquier cosa que esté a la vista.

«Eh, tú, como te llames, sácame de aquí», fueron las palabras que le pareció escuchar y que, realmente, escuchó.

Rosana no estaba sola en aquel parque zoológico. Había acudido con sus compañeros de clase. Pero ella se había quedado rezagada contem-
plando aquel animal con forma de barril, de patas
cortas y gruesas, de cabeza casi cuadrada con ojos
pequeños y nariz oblicua y arqueada.

Aquel cerdo de río, como lo llamaban los antiguos egipcios, había abierto la boca para decirle: «Eh, tú, como te llames, sácame de aquí».

Rosana, sorprendida, hundió la cara entre los barrotes de la jaula y vio cómo aquel hipopótamo se le iba acercando lentamente.

9

–¿Acaso no me escuchas?

La muchacha afirmó con la cabeza.

–¿Cómo te llamas, pequeña? –le preguntó el animal, cuando estuvo a menos de dos metros.

–Rosana.

–Me gusta el nombre. Cuando tenga una hija la llamaré así.

Rosana no sabía qué decir. Era la primera vez que escuchaba hablar a un animal. A excepción del loro de su tía Adela, que hablaba más que un locutor de radio.

–Y usted, ¿cómo se llama? –acertó a decir.

–Yo me llamo hipopótamo, pero puedes llamarme señor H, es más corto.

–¿Y desde cuándo habla, señor H?

–Hablar, hablar lo que se dice hablar, desde hace unos minutos. He estado todo este tiempo aprendiendo de vosotros los humanos. Aquí vienen miles de personas. Hablan entre ellos. Se dicen cosas. Y qué cosas en algunas ocasiones. Es cuestión de fijarse bien y de memorizar palabras. Aquellos –añadió el animal señalando con la cabeza a otros tres hipopótamos que compartían

aquel espacio vallado del parque zoológico– por mucho que se fijen son incapaces de memorizar una palabra. Pero no perdamos más tiempo con tanta palabrería. Haz el favor de sacarme de aquí.

–Pero, señor H, no puedo sacarlo de aquí. Va contra la ley.

–¡Contra la ley! ¡Contra la ley! ¡Qué tontería! Estar en este lugar sí que va contra la ley, la Ley de la Naturaleza. Encerrados. Como si fuésemos unos vulgares criminales. Comiendo siempre lo mismo: hierba seca, manzanas y más manzanas. ¿Tú sabes cuánto tiempo hace que no me como un coco? ¡Sueño con comerme un coco! Me encantan.

–No sabía que los hipopótamos comiesen cocos.

–Cocos, plátanos, sorgo, maíz, mandioca…
Cuando era libre, en los viejos tiempos, cuando
vivía a la orilla del río, por la noche salíamos del
agua y buscábamos comida. Venga, ahí está la
puerta.

–Pero…

–¡Ni peros, ni peras! ¡Oh!, lo que daría yo por
comerme veinte kilos de peras.

2

Rosana no sabía cómo actuar. Dudaba si abrir la puerta, si no abrirla, si marcharse corriendo con sus compañeros... Tomó aire.

–No te lo pienses tanto. Nadie se dará cuenta. ¿No ves que cada uno va a lo suyo sin importarle el vecino? El egoísmo desmedido del ser humano. Es el mal del siglo XXI.

–Habla igual que mi abuelo –dijo Rosana.

–¿Tu abuelo? Anda, abre la puerta, salgo y la vuelves a cerrar. Nadie se va dar cuenta –repitió el animal.

–¿Y luego? –preguntó Rosana.

–Luego ya es asunto mío. Por favor pequeña, abre.

Su tono era tan lastimero que Rosana se acercó a la puerta. Un simple pasador de hierro poco más largo que un dedo impedía que la puerta estuviese abierta. Cualquiera podía llevarse el pasador a su casa y dejar la puerta abierta. Era una incompetencia por parte del personal del parque cerrar de una forma tan sencilla.

«Si ellos son los primeros en no poner un candado o algo así, será que no les importa mucho si hay un hipopótamo más o menos dentro», pensó Rosana. Se acercó, miró alrededor por si alguien la veía y retiró el pasador. La puerta se abrió y el señor H salió como si tal cosa.

Rosana volvió a poner el pasador en su sitio. Como si nada hubiese pasado.

–Muchas gracias, Rosana. Ha sido un placer conocernos. Y de esto ni una palabra a nadie, ¿entendido?

–Entendido. Adiós.

–Adiós.

El hipopótamo pasó por delante de la jaula de los leones, se los quedó mirando con recelo y caminó pasillo arriba. Encontró un panel explicativo donde aparecían dibujadas las instalaciones del parque zoológico y las observó un buen rato hasta que las memorizó.

Mientras, el resto de los compañeros de la clase de Rosana, delante de una inmensa jaula llena de aves exóticas, miraban sorprendidos la variedad de colorido de aquellos pajarracos. Guacamayos, papagayos, cacatúas, loros, pequeñas cotorras…

–Esta instalación se llama aviario. Y podéis ver aves africanas y sudamericanas. Hay más de cuarenta especies –dijo el maestro que acompañaba al grupo, haciéndose el importante.

–Mira, aquella es una cacatúa toluqueña –dijo Sandoval, el más estudioso de toda la clase.

–¿Aquella de allí, la que tiene el pico abierto? –señaló Garrucha, el más bromista de todos.

–No, aquella es una cacatúa blanca.

–¿La que está a la derecha, la que está moviendo un ala y que tiene el pico cerrado? –insistió Garrucha.

–Esa no es una cacatúa. La que tú dices es un loro gris. ¿Acaso no lo ves?

–No solo sabes de matemáticas, lenguaje, conocimiento del medio… También de cacatúas. Eres tremendo, Sandoval.

–No tiene ningún mérito. A mi tío le apasionan los loros. Tiene un criadero. Igual tiene más de cuarenta pájaros. ¿Y sabes? Una de las cosas que más destaca de estos bichos es su tremenda inteligencia.

–Sí, hombre… Pueden llegar a presidentes de Estados Unidos, no te digo.

«Sandoval es un buen chico, Sandoval se va a dormir», dijo una voz.

«Sandoval es muy listo, Sandoval se va a dormir», repitió la misma voz aflautada de aquel loro gris.

Todos los chicos miraron sorprendidos al interior del aviario.

En ese preciso momento, Rosana se unió al grupo.

–¿Has escuchado eso? ¡Un loro que habla! –exclamó su amiga Irene, frotándose los ojos con el dorso de las manos, como si no se lo terminara de creer.

Rosana sonrió y se encogió de hombros.

–Un loro que habla, ¡vaya una novedad! Lo raro sería que hablase un hipopótamo…

3

El hipopótamo continuó su camino. Pasó por delante de la jaula de los bongos, del tapir malayo y de los monos titís. Aquí se detuvo y se quedó unos minutos mirando tanta acrobacia y tanto descaro por parte de los micos.

Los monos descendieron del árbol y se acercaron hasta aquel animal primitivo que los observaba tan atentamente, tan sonriente. Uno de los monos se rascó la cabeza. Nunca había visto una criatura igual. Otro le sonrió y esperó tontamente a que aquel ser extraño le arrojase algún cacahuete aunque fuese sin pelar. Pero no. El señor H no le arrojó nada, continuó caminando. No quería correr, por aquello de no levantar sospechas. Tampoco tenía mucha prisa por salir del zoo.

Continuó su camino como si tal cosa hasta que llegó al delfinario. Una pareja de delfines nadaban y saltaban alegremente en una gran piscina con forma de riñón. Uno de los delfines se quedaba suspendido en el aire desafiando la gravedad. El otro lo contemplaba boquiabierto, casi aplaudiendo.

–Bravo, bravo. ¡Estupendo! –gritó el señor H, sin poder evitarlo, encandilado por el espectáculo.

El delfín se zambulló y se acercó hasta el borde de la piscina.

–Muuuaaac, muuaac –dijo a modo de saludo.

El señor H agachó la cabeza intentando escuchar mejor los sonidos de aquel animal. Sabía, porque se lo había escuchado no hacía mucho a una pareja de recién casados, que los delfines eran animales sumamente inteligentes, que eran capaces de memorizar adverbios como: abajo, encima, detrás, delante...; que dormían con la mitad del cerebro despierto...

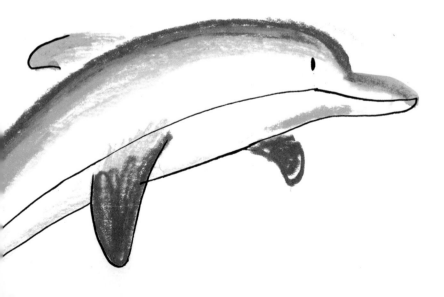

—Muuuaaac, muuuac —insistió el delfín.

—Ya me perdonarás, amigo, pero no te entiendo. Si lo que me preguntas es que adónde voy, te contestaré que me voy de aquí. Me he cansado de este lugar. Todos los días lo mismo. Además echo en falta a mi familia.

—Moooiiiic, moooiiic.

—Sigo sin entenderte. Pero si lo que me has dicho significa que buena suerte... pues muchas gracias, amigo. Nunca había visto un delfín en mi vida y creo que sois de los animales más hermosos que he visto nunca. Me encanta ese agujero que tenéis en la cabeza. Imagino que servirá para que podáis respirar bajo el agua.

—Meeic, meeic.

—Bueno, me tengo que marchar antes de que alguien note mi ausencia. Adiós, amigos.

—Muiiiic, muiiiic.

Antes de llegar a la zona de entrada y salida del parque zoológico el hipopótamo se cruzó con el cuidador especialista de los elefantes del zoo, un tipo con la cabeza rapada, ancho de hombros y con los ojos demasiado grandes. El cuidador llevaba una enorme jeringuilla y un maletín con una cruz roja pegada en la solapa.

Pero como muy bien le había dicho el señor H a la niña que le había abierto la puerta, cada uno iba a lo suyo.

–Buenos días –le saludó el hombre.

–Buenos días –contestó el señor H.

–¡Caramba...! –comenzó a decir el hombre, pero siguió su camino como si nada.

25

Pocos minutos después, cuando casi podía tocar la puerta de salida, el señor H se tropezó con uno de los veterinarios del zoo, el más serio de todos, el que siempre parecía enfadado.

–¿Se puede saber adónde va así como así? Su jaula está en la dirección opuesta. ¿Le duele algo? ¿Se le ha quedado dormida una pierna? ¿Algún calambre? ¿Le pica una oreja? ¿Se le ha metido algo en el ojo? ¿Acaso tiene hambre? ¡Ah, ya sé: la presión arterial! –le dijo de carrerilla. Y sin escuchar una respuesta siguió su camino–. Que no le vuelva a ver por aquí suelto. Que no está uno para bromas.

En ese momento sonó un politono.

–¡Vaya, lo que me faltaba: me llaman! –y se giró con el teléfono ya en la mano.

4

El veterinario se volvió a meter en la enfermería y salió a grandes zancadas con un rollo de venda elástica con la que se podía haber envuelto la esfinge de Giza.

El señor H aprovechó y se acercó a la salida e intentó pasar, pero... pero se quedó encajado. Ni para adelante ni para atrás. Atascado.

«No tenía que haberme comido la caja de manzanas», pensó. Se meneó hacia adelante, hacia atrás... Nada. Contuvo la respiración... Imposible.

Aquello comenzaba a ser preocupante.

–¿Qué ocurre? –le preguntó uno de los jardineros de la brigada de limpieza que pasaba por allí.

–Que me he quedado atascado –contestó el señor H, algo nervioso por el imprevisto.

–Si es que está usted muy gordo, con perdón. Le sobra materia grasa. Tanta comida basura no es buena. Debería usted probar a comer más verduras. Tienen menos calorías y más fibra. Y luego, hacer algo de ejercicio. Una partida de pádel o algo así. Míreme cómo estoy yo. Todo músculo. Ahora, igual que le digo una cosa le digo la otra…

El jardinero seguía con su discurso, pero no hacía nada por ayudarle a salir del atolladero.

–… También es muy recomendable una sauna de vez en cuando. Sirve para eliminar toxinas.

Que con ese nombre nada bueno puede ser. Pero deje, deje que le ayude.

El jardinero empujaba, empujaba..., pero nada.

—¿Qué ocurre? —preguntó otro de los cuidadores que pasaba por allí.

—Este hipopótamo que quiere salir y se ha quedado encajado.

—A ver, deja que te ayude —se ofreció.

Imposible.

Los dos empleados sudaban la gota gorda. Exhaustos, dejaron de empujar.

—Si es que son más de dos mil kilos —dijo el jardinero, resollando como una locomotora.

—Sí, más de dos mil kilos. Igual... dos mil quinientos —resopló el otro como una ballena en alta mar.

—¿Y si prueban con un chorro de agua a presión? —sugirió el hipopótamo, que empezaba a sudar más de lo aconsejado.

—¡Uuuhm! Es usted un animal muy inteligente. Ahora entiendo por qué habla nuestro idioma tan estupendamente.

–Probemos –dijeron los dos empleados a la vez.

El jardinero desenrolló la manguera más grande que tenía y abrió el grifo del agua. Tardó varios segundos en parecer por la boquilla. El hipopótamo sintió cosquillas en el trasero. No se movió ni dos centímetros, ni uno siquiera.

–¿Y si le damos un poco más de presión al agua? –sugirió el cuidador.

–Ahí va toda la presión. Tres, dos, uno, cero…

Y el señor H salió disparado. El potente chorro de agua lo impulsó hacia adelante. Lo liberó y salió despedido del zoo. El hipopótamo cruzó la calle en un tiempo récord. Salió disparado y se empotró contra un escaparate de una agencia de viajes que había justo enfrente de la entrada principal del parque zoológico. Por suerte no se rompió el cristal; por suerte el hipopótamo no se rompió ninguno de los más de doscientos huesos que componen su esqueleto.

«¡Puuumbaaa!», se escuchó en el interior de la tienda. Casi un terremoto.

Menos mal que la tienda a esas horas estaba vacía de posibles clientes. El dependiente, un señor con unas gafas de cristales muy gruesos, dejó de teclear en el ordenador y salió a la calle a ver qué había sucedido.

–No me lo puedo creer, no me lo puedo creer –dijo quitándose las gafas. Se las volvió a poner porque entonces era cuando no veía nada.

–Usted perdonará –se disculpó el señor H.

–Otra vez tenga más cuidado. Podía haber estallado el cristal en mil pedazos –dijo el dependiente.

Y se metió dentro del establecimiento, como si nada hubiese ocurrido, y siguió tecleando letras.

El señor H se agitó suavemente y comprobó que no tenía ningún hueso roto. Resopló contento.

Su primer objetivo ya se había cumplido: ya estaba fuera del parque zoológico. «¿Y ahora?», se preguntó. Ahora era el momento de buscar el camino que le devolviese a su casa.

Continuó caminando por la acera sin saber muy bien adónde dirigirse. Cuando se cruzaba con alguien, lo paraba y le preguntaba muy educadamente:

–Por favor, ¿sabe por dónde se va a África? –preguntó a un señor que paseaba a un perro que abultaba más que el hombre.

–No tengo ni idea –contestó el señor.

–Guau –contestó el perro.

–Perdone, pero... ¿sabe por dónde se va a África? –preguntó a una señora que estrenaba lápiz de labios.

–¿África calle, África avenida o África bulevar?

–África continente.

–Pues... no sabría decirle. Ha cambiado todo tanto desde que era joven...

–Por favor, ¿sabe por dónde se va a África? –le preguntó a un señor de color.

–África, África... me suena, la verdad. Tal vez por allí –dijo señalando hacia la derecha.

–Muchas gracias, señor.

–De nada. De nada, de nada. Pero... es usted un hipopótamo, ¿no?

–Así es –respondió tajante el señor H.

–Ya me lo parecía a mí.

El señor H comenzó a cruzar la calle sin mirar, sin prestar atención a los coches que circulaban por la calzada. Un taxi le pasó rozando la punta del morro. El taxista sacó la cabeza por la ventanilla y le soltó una sarta de improperios. Otro conductor tuvo que pegar un volantazo para no llevarse por delante al animal. Este no dijo ni mu. Dio el volantazo y se llevó por delante un árbol recién plantado. Un motorista apretó los dientes y se subió a la acera esquivando al hipopótamo. No pudo esquivar la saca del cartero que impactó contra la moto. Cientos de cartas salieron despedidas por los aires. Una señora muy mayor, que estaba asomada a la ventana, estiró la mano y se llevó una carta que le mandaba su hija desde Bruselas. Sonrió al leer el remitente.

El señor H, de milagro, pasó al otro lado de la avenida sano y salvo. Se puede decir que aquel era su día de suerte. Indiferente a toda aquella agitación, se encaminó a un pequeño parque donde unos niños jugaban con la arena.

El niño más rubio llenaba un cubo con una pala de plástico. El más moreno esperaba a que el cubo estuviese lleno de arena y lo llevaba agarrado con las dos manos a los pies de su abuelo donde lo vaciaba. Se podía decir que los niños y los abuelos eran felices. Se podía decir que los niños vieron al hipopótamo antes que sus abuelos.

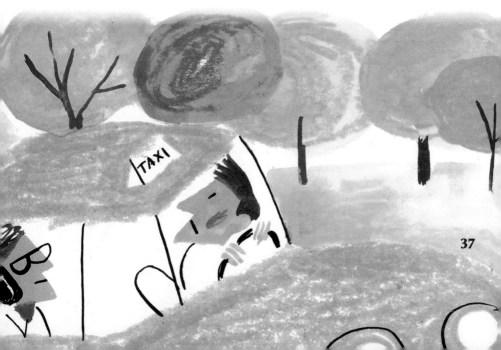

–¡Mira! –exclamó el niño más moreno, con el cubo entre las manos.

–¡Un elefante! –dijo el otro, algo más flacucho.

–¡Eso no es un elefante, eso es un rinoceronte!

–¡Es un elefante! ¿No ves la trompa?

–¡Es un rinoceronte!

–¡Un elefante!

–¡Un rinoceronte!

–Abuelo, ¿qué es eso?

–¡Eeeeeh! –se sobresaltó el abuelo, que leía distraído el periódico–. ¡Ah, eso: un hipopótamo!

–¿Podemos jugar con él?

–Claro que podéis jugar con él.

–Pero con cuidado, no le vayáis a hacer daño. Que vosotros sois unos bestias –añadió el otro abuelo.

38

6

El señor H, rodeado de césped, comía placenteramente algunas briznas que sobresalían más de la cuenta.

Los niños se acercaron al hipopótamo con la boca más abierta que si lo que tuvieran delante fuese un payaso de circo.

–¿Podemos ser tus amigos? –le preguntó el más moreno.

–Eso: ¿podemos ser tus amigos? –insistió el otro.

Pero no esperaron la respuesta, antes de que se diera cuenta tenía a los dos chiquillos subidos en su lomo.

–¡Arre caballo! –dijo el más moreno.

El otro lo imitó:

–¡Arre, arre!

Pero el caballo, digo el hipopótamo, no se movió ni un solo centímetro.

–¡Tened cuidado no os vayáis a caer! –les gritó el abuelo del niño más rubio.

No había terminado de decirlo cuando el señor H abrió la boca, se le tensaron los huesos de su enorme cuello y los dos niños, como si de un columpio se tratara, se deslizaron hasta caer sentados en el suelo de arena.

–Qué divertido –dijo uno.

–Otra vez, otra vez. Yo quiero más.

Los chiquillos se volvieron a subir, el señor H

volvió a estirarse y los niños volvieron a resbalar. Esta vez con más cuidado: cayeron de pie. Los chiquillos se volvieron a subir, el señor H volvió a estirarse y los niños volvieron a resbalar. Y otra vez y otra, la misma operación. Hasta que los aspersores comenzaron a girar echando agua, mojando su ración de césped.

El señor H, al ver aquella lluvia inesperada, comenzó a trotar con los dos chiquillos subidos encima. Los chiquillos, emocionados por el trote, comenzaron a dar voces y gritos de entusiasmo. Nunca se lo habían pasado así de bien. Aquello era mejor que una fiesta de disfraces, mejor que una visita al parque de atracciones.

El señor H se situó encima de uno de aquellos aspersores, pero solo le mojaba las patas. Buscó una mejor ubicación, pero solo conseguía mojarse unos escasos segundos. Luego nada, luego algo, luego nada... Aquellos mecanismos que salían del suelo parecían embrujados. El hipopótamo cambió de lugar con los chiquillos todavía encima.

–¡La fuente! –dijo el más moreno, señalando con el dedo.

–¡Arre caballo, a la fuente! –dijo el otro.

–De cabeza –dijo el señor H.

–¡Eh, vosotros, ¿adónde vais?! –les gritó el abuelo del niño moreno.

–Estos chiquillos… –se quejó el otro abuelo levantándose del banco de madera.

Pero cuando se puso de pie y dio el primer paso ya era demasiado tarde. Los tres animales chapoteaban dentro del agua. Los pequeños batían las manos, los pies... El señor H se revolcaba placenteramente. Hacía tiempo que no se lo pasaba tan bien. Casi ni lo recordaba.

Un perro flaco, negro, de orejas caídas y patas largas, al oír el jaleo, se acercó hasta la fuente. Una ola de agua le salpicó la cara. «¡Guuuau!», ladró. Y enseñó todos sus dientes. No entendía qué hacía un hipopótamo en aquella fuente y menos cómo era posible que los niños se bañasen sin manguitos. El perro siguió ladrando.

–¿De quién es este perro? –preguntó en voz alta una señora que tiraba de un carro de compra al que le asomaba una barra de pan.

Y como vio que nadie de los que se había reunido allí a ver el espectáculo decía nada, opinó:

–No está bien dejar a los perros sueltos en los parques. Pueden pisar los rosales y hacerse pis en cualquier sitio –y añadió–: Uy, qué cansada estoy. Me sentaré un momento en ese banco.

Cuando el señor H salió de la fuente, los niños hacía rato que se habían ido a sus casas. A duras penas, los abuelos habían podido sacar a los chiquillos de la fuente y se los habían llevado entre voces y amenazas.

La luna empezaba a asomar por el borde de un edificio iluminando aquel parque de barrio.

Despacio, el hipopótamo se encaminó hacia un contenedor que estaba volcado. Husmeó y encontró algo de comida. Poco. Tan poco que le entró todavía más hambre.

Sin nada que hacer, siguió trotando por aquel camino de gravilla. Sintió un poco de fresco en el morro. El sendero se empinaba un poco y el señor H dudó si desandar el camino y buscar otro más llano y menos cansado. En eso pensaba cuando le llegó con total nitidez el olor a albahaca y tomates secos. Desde que era un cachorro siempre había tenido un gran olfato. Olía a los cocodrilos como ninguno de sus colegas. Se relamió y siguió caminando en busca de aquel olor que le llegaba cada vez de forma más rotunda.

Cuando se quiso dar cuenta ya estaba fuera del parque. Un edificio más alto que diez árboles puestos uno encima de otro tapaba la luna. Pero el señor H no se fijó en el satélite, solo se fijó en un letrero luminoso de neón: *Pizzería Il Porcospino.*

¿El Puercoespín? ¿Desde cuándo había aprendido a cocinar? Seguro que se trataba de otro puercoespín. El puercoespín que él conocía era un tanto incompetente, por emplear una palabra suave. Además, más valía que no trabajase de camarero. No haría otra cosa que pinchar a los comensales. Sí, seguro que se trataba de otro, pensó el señor H mientras cruzaba la avenida, esta vez, dadas las horas, limpia de coches.

Por suerte la puerta del restaurante era doble y no tuvo ningún problema para entrar. Nada más traspasar la puerta escuchó una música muy agradable: una señora cantaba con sentimiento en un idioma del que no entendía nada de nada. Por suerte había media docena de mesas libres; por suerte le atendió una joven morena de ojos grandes.

–Buenas noches, señor. ¿Una mesa para usted? –le preguntó la joven.

–Sí, una mesa y dos sillas –contestó el hipopótamo, haciéndose el graciosillo.

–No le entiendo –dijo la camarera.

–Es un viejo chiste inglés que se cuenta a orillas del lago Manyará, de donde soy nacido. Dos sillas. Si una persona con dos piernas necesita una silla, nosotros que tenemos cuatro patas…

–Ahora lo entiendo, pero, permítame, no me hace gracia.

–No se preocupe señorita, no tiene importancia.

–¿Le parece bien aquella mesa? –le preguntó la joven.

–Ideal.

El señor H tomó asiento en una mesa iluminada por una vela. Los cubiertos estaban envueltos en una servilleta de tela. La joven se acercó y le entregó la carta con todos los platos y especialidades.

–Le recomiendo nuestra especialidad: la pizza simpática, lleva de todo y está hecha en horno de piedra.

–Póngame diez... No, mejor doce. Tengo un hambre atroz. Sería capaz de comerme la mesa con mantel incluido. –dijo el recién llegado.

–Como usted diga. Una docena de pizzas simpáticas –repitió y escribió un cinco en la nota.

–Con mucho queso, por favor –añadió.

Mientras el señor H esperaba, los comensales de las otras mesas le miraban un tanto confundidos.

–Hay que ver. No son horas para que un hipopótamo esté solo por la ciudad –se quejó una señora a su marido que se llevaba el tenedor a la boca.

–Yo creo que no se ha duchado –cuchicheó
una pelirroja al que debía de ser su novio.

–Y seguro que tampoco se ha lavado los
dientes –dijo él, y se acercó más a ella. El reloj del
joven marcaba justo las 22.00 horas.

8

Cinco minutos más tarde la pareja de novios había desaparecido del local y las pizzas se acumulaban en la mesa del señor H.

–Esto tiene una pinta estupenda –dijo el animal.

Y se zampó la primera pizza, la segunda, la tercera, la cuarta… Todas.

–Estoy a punto de desmayarme. Esto es increíble, inaudito –le dijo a su marido la señora que miraba atentamente el proceder del señor H.

–¿El qué, querida? –le preguntó este.

–¿Cómo que el qué? ¿Acaso no lo estás viendo con tus propias gafas? No son modales. Sin utilizar los cubiertos. Está comiendo con las manos. Lleva la servilleta anudada al cuello. Incalificable. Vámonos de aquí inmediatamente. Nunca más volveremos a poner los pies en este restaurante de pacotilla.

–Pero si no he terminado, me falta...

–No hay pero que valga. Nos vamos.

Y al señor no le quedó más remedio que dejarse el postre a medio comer y sacar de la cartera un billete de color anaranjado que dejó sobre la mesa como pago.

Mientras, el señor H pasaba la lengua por las migas que se habían quedado pegadas al plato. Desde luego, aquellas no eran maneras. Luego tomó la carta de postres y la miró atentamente.

–¿Qué pone aquí, por favor? –le preguntó a la camarera.

–Ahí pone *tutto cioccolato*.

–Ya.

–...

–¿Qué significa...? –insistió el animal.

–Significa bizcochito de chocolate con corazón de chocolate fundido acompañado de bola de helado al gusto.

–Quiero dieciocho. Y el helado que sea también de chocolate –solicitó el señor H.

–Muy bien, como guste. Docena y media de *tutto cioccolato* –le sonrió la camarera. Y cuando se dio la vuelta tropezó con la señora enfadada que abandonaba el local. Casi pierde el equilibrio.

La señora aprovechó el encontronazo para quejarse abiertamente.

–No sé cómo está permitida la entrada en este restaurante a personas con tan pocos modales en la mesa. Da la impresión de que estamos en plena selva. ¡Qué barbaridad! –protestó y giró la cabeza mirando al techo, como si buscase alguna telaraña para terminar de mostrar su disconformidad. Y la encontró.

A la mujer le ardían las mejillas.

–Y encima una telaraña. Esto me saca de mis casillas. Salgamos de este inmundo lugar, Sebastián –le dijo a su marido.

Este, se tocó el botón del cuello de la camisa, y no le quedó más remedio que poner cara de indignación. Pero lo que realmente le hubiese gustado habría sido sentarse junto al señor H y comer con las manos aquellos bizcochitos de chocolate, apartándose por un momento de las buenas maneras y costumbres que tanto le gustaba a su mujer llevar hasta límites insospechados.

–¡Buenas noches! –dijo mirando al hipopótamo, y le guiñó un ojo.

–Buenas noches –contestó el señor H con la
boca llena y con el último bizcochito de chocolate en la mano.

9

El problema surgió cuando la joven camarera dejó la cuenta sobre la mesa. Una hoja doblada por la mitad sobre una pequeña bandeja dorada.

El señor H desdobló el papel y vio una serie de letras, de números... Sabía hablar, pero no sabía leer. Tampoco sumar. Y desconocía por completo que lo que le había dejado la muchacha era la cuenta de todo aquello que había consumido y que debía pagar. Desdobló el papel, vio aquellos números y se llevó la factura a la nariz esperando encontrar un olor especial. Luego le dio un mordisco. El logotipo con el nombre del restaurante, o sea, la esquina superior izquierda de la nota, desapareció entre sus dientes. Aquello no sabía a nada.

–Señorita –dijo el señor H, señalando la hoja–, no entiendo esto que me ha dado.

La joven se acercó sabiendo de sobra que aquel animal no tenía con qué pagar la cuenta. Tomó aire y le contestó:

–Se trata de la cuenta. Como verá está detallado todo lo que usted se ha comido con su correspondiente precio. Ahora tiene que pagar esta cantidad –le dijo, y señaló con el dedo el total.

–Ya –acertó a decir el señor H–. ¿Y si le dijera que no tengo dinero para pagar? ¿Y si le dijera que en la selva donde yo nací no era necesario pagar nada? ¿Y...?

–No se preocupe, señor –le interrumpió la joven–. Le invita la casa. O mejor dicho: le invito yo. Es la primera vez que entra un hipopótamo en este local. Ha sido un placer verlo disfrutar de la comida. Pero tenga cuidado donde entra porque en todos los sitios no será tan bien recibido.

–Se puede decir que soy un hipopótamo con suerte –dijo el animal.

–Se puede decir que me alegro de que la señora esa ya no vuelva más por aquí. Entre usted y yo: era una impertinente. Que si esto, que si lo otro... Todo eran quejas. Y además, ¿usted ha visto qué arruga tan fea tenía en la frente? –le preguntó apartándose un mechón que le había caído sobre la frente.

–No, no me he fijado. Si le digo la verdad, sólo me he fijado en la comida que tenía en el plato.

–Me lo imagino.

–Pues muchas gracias. No sé muy bien qué hay que hacer en estos casos. Tal vez lavar los platos o…

–No se preocupe –le dijo la muchacha.

–Ha sido una velada estupenda –se despidió.

El hipopótamo se levantó como pudo, se podía decir que estaba cinco kilos más gordo, y salió por la puerta. Todo estaba oscuro. La débil luz de las farolas alumbraba lo justo.

El señor H caminó unos metros. Una pareja de novios que se miraban acarameladamente lo observaron atentamente. El señor H dudó si preguntarles cómo llegar hasta su casa, hasta la selva, pero no lo hizo. Cerró los ojos y siguió calle abajo, pensando que tal vez lo más sensato sería volver al zoo y allí aprender a leer, a escribir... Pero ¿quién le podría enseñar? Cada uno iba a lo suyo.

El señor H, sin darse cuenta, llegó al final de la calle. Levantó la cabeza: ante sus ojos la puerta del zoo. Había estado andando en círculo.

Se quedó inmóvil, mirando fijamente el gran cartel. Le hubiese gustado estar en otra parte del mundo, pero estaba allí nuevamente.

–Buenas noches, señor hipopótamo –le dijo el vigilante con una sonrisa cómplice–. Ya están dormidos todos los animales. ¿No me diga que ha estado en el cine viendo una película de superhéroes?

59

–No, simplemente he estado caminando, buscando mi casa.

–¿Su casa? Su casa es esta –le contestó el vigilante.

El hipopótamo negó con la cabeza.

Dio media vuelta y siguió caminando sin saber muy bien por dónde ir. Poco a poco. Con la esperanza de que alguien le guiase en su vuelta a casa. Tenía la certeza de que así sería. Existían las segundas oportunidades. Seguro.